그리움

그리운
김미자 지음

초판 인쇄 | 2014년 04월 05일
초판 발행 | 2014년 04월 10일

지은이 | 김미자
펴낸이 | 신현운
펴는곳 | 연인M&B
기 획 | 여인화
디자인 | 이희정
마케팅 | 박한동
등 록 | 2000년 3월 7일 제2-3037호
주 소 | 143-874 서울특별시 광진구 자양로 56(자양동 680-25) 2층
전 화 | (02)455-3987 팩스 | (02)3437-5975
홈주소 | www.yeoninmb.co.kr
이메일 | yeonin7@hanmail.net

값 12,000원

ⓒ 김미자 2014 Printed in Korea

ISBN 978-89-6253-151-0 03810

글 · 사진
매강 김미자 단문집

그리움

그리움이란 놈은 어찌 알고 먼저 틈새로
비집고 들어와 앉는 것인지

연인M&B

단문이 되었다

첨단 과학 문명의 혜택을 누리며 자란 자녀 세대는 손끝으로 터치만 하면 온갖 정보를 습득할 수 있는데도 불구하고, 아날로그의 고정관념에서 벗어나지 못하는 부모 세대가 답답합니다.

디지털 세대들은 최대한 짧고 쉽게 만든 기호로 문자를 주고받으며 소통합니다. 한정된 공간에 다 쓰려면 시간도 걸리고 공간도 부족하니 소통이 될 정도의 기호로 의사 전달하며 잘살고 있는 세대를 들여다보니 이해가 갑니다. 젊은이들이 긴 글보다 짧은 글을 선호하는 것도 같은 맥락입니다.

아날로그 생활이 몸에 배어서 젊은 세대들처럼은 못하지만 노력한다는 생각으로 용기를 내봅니다. 긴 글에 비해 정감은 다소 떨어지지만 짧은 글 속에 메시지와 따뜻한 정서가 전달된다면 그보다 효율적인 글이 또 있을까 하여 디지털 세대에 맞춰 단문을 시도했습니다.

오랫동안 머릿속에 맴돌던 생각을 정리하였더니 글이 되었다. 긴 글보다 짧은 글이 낫겠다 싶어 줄이고 줄였더니 장편(掌篇)이 되었다. 장편을 깎고 또 깎으며 불면과 싸우고 고뇌하는 사이에 한 편의 단문이 되었다. -「단문이 되었다」

6집에 이미 선보였던 작품과 오랫동안 컴퓨터 파일 속에서 잠자고 있던 단문 중에서 90여 편을 꺼내어 한 권의 단문집으로 묶었습니다. 틀을 깨라고 가르치시는 윤재천 선생님, 짧은 식견으로 쓴 글을 어여삐 봐 주신 김대규 선생님께 감사드리고, 문학이라는 목표를 향해 끊임없이 매진(邁進)하고 있는 화요문학과 현대수필 동인들께도 버팀목이 되어 주심에 감사드립니다.

2014년 3월, 관악산자락에서

매강 김미자

차
례

1

1부

—

향기 보시

향기 보시

이십대를 넘기고 있는 숲이
새 옷을 입고 청춘을 불사르더니
어느덧 풍만함을 향해 질주한다.
작열하는 태양의 입맞춤은
향기송이를 잉태케 하고
주렁주렁 매달린 아카시아 꽃이
천지사방으로
향기 보시를 떠난다.

입추(立秋)

지루한 장마와 불볕 무더위를 밀어내고
들어앉은 입추,
풀벌레들은 어찌 알고 모여들어
밤마다 합창을 할까.
바람도 뒤질세라
풀숲을 가로질러 다니며 부채질하고,
산새들은 떠나기 아쉬운 듯
이산 저산 다니며 목청을 돋운다.

감꽃

비에 씻긴 감나무 잎이 싱그러움을 가득 물고 왈츠를 춘다.
반짝이는 감잎 사이에 꼭꼭 숨어 있던 크림색 감꽃, 그렇게
기다려도 열지 않더니 어느새 봉긋 입을 열었다.
이파리로는 부족하여 네 개의 꽃받침으로 백작처럼 우아하
게 치장하고 있다가 한바탕 스쳐 간 마파람에 우수수 떨어
진다.
감나무 아래에 떨어진 백작의 자태는 여지없이 무너졌지만
목걸이가 되고 팔찌가 되어 다시 귀족의 영화를 누린다.

보리피리

너른 들판에 나부끼는 초록 물결,
청보리에 살이 통통 올랐다.
지나가는 아이들이 보릿대 하나씩 뽑아
앞뒤 뚝뚝 잘라 내고 보리피리를 만든다.
삘릴리 삘릴리 삘릴리 삘릴리
보리피리 소리가 봄바람을 타고
초록 세상으로 달려간다.

봉숭아꽃

하루가 다르게 자란 대문간 옆의 봉숭아꽃,
붉은 꽃 주렁주렁 매달고서 오는 손님 반기고 가는
손님 배웅하더니
친정 나들이 온 언니에게 수줍은 듯 당당한 그 몸을
아낌없이 내어준다.
시집살이 서러운 우리 언니,
뒤꼍 장독대로 가더니 봉숭아꽃 쌓아 놓고
움켜잡은 돌멩이로 콕콕 찧으며 시집살이 설움과 가슴속의
한을 바순다.
언니는 몸 바쳐 희생한 봉숭아꽃을
열 개의 손톱에도 모자라 열 발가락에 나누어 넣고,
아주까리 잎으로 칭칭 감아 매고서
마루 끝에 앉아 먼 하늘을 바라본다.

뻐꾸기

신록이 우거진 6월, 멀리서 애절하게 울부짖는 뻐꾸기 소리가 들린다.

저놈은 어디에 탁란해 놓고 저리 헤매고 다니나. 참 별난 운명을 타고 났지. 굴러 온 돌이 본돌 뽑아내듯 제 목숨 부지하겠다고 눈도 못 뜬 것이, 털도 안 난 것이 본집의 알을 모두 밀어내 없애고, 아무 일도 없는 듯 양어미가 물어오는 먹이를 받아먹고 어미보다 비대해지는 뻐꾸기.

제 새끼인 줄 알고 열심히 키우는 양어미는 또 무슨 업보를 가지고 태어났기에 남의 새끼를 양육하느라고 그처럼 수고하는가. 얌체 같은 뻐꾸기, 미련 맞은 붉은오목눈이 같으니라고.

인간의 눈으로 보기엔 그렇지만, 그들도 본인의 의지와 상관없이 자연의 섭리에 의해 그렇게 살아가는 것이겠지.

오월 예찬

오월은 여왕의 계절이라지.

푸석했던 산야가 연둣빛으로 변했다. 인생으로 치자면 10대 후반쯤 될까. 삼라만상이 싱그러움으로 가득하다. 생명들이 숨 쉬는 오월을 우리만 좋아하는 게 아니다.

멧비둘기가 합창을 시작하더니 아침저녁으로 소쩍새가 찾아와 노래 부른다. 경쟁이라도 하듯 까치 새끼가 깍깍대고, 호랑지빠귀가 휘파람을 불고, 꾀꼬리도 청아한 목소리를 한껏 자랑하며 숲 속을 종횡한다.

새 옷으로 단장한 오월은 찬란함 그 자체다. 맑은 하늘 아래 펼쳐진 연둣빛의 싱그러움과 보드라운 바람이 온몸으로 전해 온다. 시간이 지나 아름다움이 사라질지라도 기억하리라.

찬란했던 오월을!

삐비

유년 시절,
학교에서 돌아오는 길이었다.
살이 오른 삐비가 발걸음을 붙잡았다.
우리들은 둑길에 앉아서 누가 많이 뽑나 내기를 하곤 했다.
콧등에 땀방울이 맺힌 줄도 모르고 하나, 둘, 셋 뽑다 보면
어느새 한 움큼이 되었다.
그중 가장 통통한 삐비를 골라
한 겹, 두 겹 벗기면 부드럽고 연한 속살이 반겼다.
여릴수록 달착지근했던 삐비,
지금도 그때 그 맛을 지니고 있을까.

2

2부

숲 속의 여름날

숲 속의 여름날

나른한 여름날,
찾아온 손님이 반갑다고 온몸을 흔들며
스스스 솨솨솨
손님과 한바탕 어우러져 흥겹다고
스스스 솨솨솨
무도회를 즐기던 새들도 덩달아 신이 났다.
삐오비비 삐오비비.
나무와 바람과 새들이 노래하는 숲 속의 여름날.

매미의 방문

밤낮을 가리지 않고 울어대던 매미가 번지수를
잘못 찾았다.
주방 옆의 방충망에 찰싹 붙어 안을 기웃거린다.
달걀말이와 고기를 굽고 있는데 냅다 소리 지른다.
맘맘맘 마~아암,
맘맘맘 마~아암,
배가 고프다고 밥 달라는 소리 같다.

패랭이꽃

뒷동산에 핀
가냘픈 패랭이꽃이
증조할머니 봉분 앞에서 손짓을 한다.
얼굴도 모르는 우리 증조할머니가
패랭이꽃처럼 예뻤을까?
조심스럽게 다가가
패랭이꽃을 들여다본다.
우리 할머니가 활짝 웃는다.

비 내리는 숲

뒤곁 숲에 비 내리는 소리가 싸드락싸드락 누에 뽕잎 갉아먹는 소리처럼 들리더니 금세 후드득후드득 툭툭 콩 타작 소리로 변했다.
순간 정적이 감돈다.
나뭇잎에 부딪는 빗소리에 놀란 새들이 모두 자취를 감추었다.
비의 무게가 힘겨워 축축 늘어진 나뭇가지에 바람이 찾아와 한바탕 흔들어 준다.
한결 가볍다고 좌우로 흔들며 춤추는 나무들, 뿌리가 더 단단히 박히겠다.

소쩍새와 비

성장을 마친 숲 속에 찾아든 소쩍새,
짝을 향한 부르짖음이 애달프다.
나뭇잎에 부딪는 빗소리에
임 향한 애절함은 묻혀 버리고,
진동하던 아카시아 향기마저
흩뿌리는 비에 숨죽이고 있다.

매미 소리

더 이상 정겨운 소리가 아니다.
기회만 있으면 성난 듯 악을 쓰며 울어 댄다.
땅속에서 너무 오래 기다린 게 억울한 것일까.
짝 찾을 시간이 짧아서 아쉬운 걸까.
인간들에게 소음을 남겨 미안하다고
미안, 미안, 미~아안~
미안, 미안, 미~아안~
그럴 수밖에 없는 그들의 생을 이해하고 너그럽게
받아들여야겠다.

안개 덮인 숲

장마에 지친 숲을
위무하듯 안개가 자욱이 찾아들었다.
신록이 우거진 숲을 에워싸고 있는 안개,
신선이 사는 무릉도원을 연상케 한다.
한 점 바람이 스치고 지나갈 때마다
안개가 마술피리 소리 쫓아가듯 뒤따라간다.
숲 사이에 머물고 있던 안개가
다 빠져나간 숲은 청정 그 자체다.
우리네 몸도 안개가 씻고 간 청정한 숲처럼
모든 아픔을 치유할 수 있다면
얼마나 좋을까.

엉겅퀴 꽃

둑길에서 만난 엉겅퀴가
며칠 새 한 뼘이나 자라
여린 솜털 대신 가시 날을 세우고
우아한 자태를 뽐낸다.
가시 달린 잎으로도 부족해
껄끄러운 꽃대를
당당하게 세우고
보기도 찬란한 보랏빛 꽃봉오리를 열었다.
지나가는 호랑나비가
앉을까 말까 망설이며 주위를 맴돌다
부드러운 꽃송이 위에
살짝 앉아 사랑을 속삭인다.

한 줄기의 바람

무더운 한여름,
창밖의 무성한 숲 사이로 빠져나온
한 줄기의 바람이
솜털을 간질이며 달아난다.
눈을 지그시 감고
'아, 좋다. 이 부드러움, 이 감미로움! 얼마만인가?
입을 헤벌리고 앉아
바람의 유혹에 빠져 있는데
옆에 있던 남편이 한마디 한다.
"도대체 어떤 놈이야?
남의 유부녀를 애무하고 희롱하며 달아나는 놈이!"

탱자 꽃

시암 옆에 늘어선
탱자나무 울타리에
금방 터질 듯 하얀 꽃망울이
방울방울 달렸다.
가시로 무장하고
굳건히 지키던
진주알 같은 탱자 꽃,
슬며시
입을 열어
지나가는 꿀벌을
유혹한다.

3

3부

—

은행나무 길

은행나무 길

눈이 시리도록 샛노란 은행나무 길을 걸어 보셨나요?
비산동에 터 잡고 산 지가 얼마인데 안양천변 위쪽에 그처럼
아름다운 길이 있다는 것을 처음 알았습니다.

수령이 오래된 은행나무가 줄지어 서서 생활에 찌든 도시민
에게 손짓을 합니다. 샛노란 옷으로 단장한 것도 부족한 듯
바닥에 수북이 노란 양탄자를 깔아 놓았습니다.

속내를 다 보여도 불편함이 없는 지기와 푹신거리는 은행나
무 길을 걷고 또 걷습니다. 어둠이 깔리고 휘황한 빛으로 불
밝힌 도심이 한눈에 들어왔는데도 떠날 생각을 못하고 왔던
길을 되돌아 걷고 또 걷습니다.

다시는 이런 날이 오지 않을 것처럼 그렇게 은행나무 길을
마음에 저장하며 수없이 걸어 봅니다.

홍단풍

길가에 늘어서서
마지막 정열을
불사르고 있는 홍단풍,
서럽도록 선명한 붉은빛에
지나가는 행인들이
감탄사를 던진다.
"아, 저 홍단풍 좀 봐. 어쩜 저렇게 예쁠까?"
곧 떠나야 할
내 운명을 두고
어찌 사람들은
아름답다고만 말하는가.

가을이 되면

사람이 그리워지면 가을이라지요.
유독 전화벨이 많이 울리는 계절입니다.
기억 속에 희미해진 이름이 반가워 추억을 반추하며 그때 그
시절로 돌아갑니다. 추억의 동산에서 한참을 유영(遊泳)하
다가 친구의 아들딸이 결혼한다는 소식을 접합니다. 옛 친구
들을 만나기 위해 결혼식장을 찾습니다.

갈잎 소리

화려함과 신록의 계절을 겪고 난 숲에서
들려오는 애잔한 갈잎 소리,
양분이 다 빠져 버린 푸석한 잎을 부여잡고 바르르 떨고
있는 모양이 애처롭다.
떠나고 싶지 않은 몸부림인가.
어찌 너희만의 일이겠니.
우리네 인생도 그렇단다.

더부살이 아기단풍나무

차라리 그대로 둘 것을, 어쩌자고 더부살이하는 어린 단풍나무를 이사시켰을까. 욕심 탓이다.

아파트 단지를 아름답게 장식해 주던 단풍나무가 가을이면 씨를 퍼트린다. 수많은 씨앗이 바람에 날려 정착하면 안 될 곳에 뿌리를 내려 부대끼며 살았다. 어차피 조경사의 손에 뽑혀 버려질 운명의 더부살이 아기단풍나무 20여 그루를 뽑아다가 시골 산소에 정성들여 심었다. 잘 자랄 것을 기대했는데 추석을 앞두고 당숙이 벌초하면서 어린 단풍나무까지 예초기로 밀어 버렸다.

괜한 짓을 했다. 죽는 것보다야 더부살이가 훨씬 나은 것을……

들국화

아무도 봐주지 않는 산길에
수줍은 듯 피어 있는 보랏빛 들국화,
화려하진 않아도 향기로운 너는 버릴 것 없는 유익초,
시선 받지 못하는 가냘픈 너의 모습에서 내 모습을 찾는다.

만추(晩秋)

가을걷이가 끝난 텅 빈 들판에 깃든 고요가
그리움을 몰고 온다.
사랑했던 사람들과 이별을 준비해야 될 연령에 와 있다.
허전하고 쓸쓸하다.
그렇게 흘러가는 게 인생이라고 바람에 나부끼는 낙엽이
내게 귀띔한다.

가을을 배웅하다

　마음에 담아 두었던 지기와 우연히 만나 낙엽이 쌓인 숲길을 걷습니다. 만추의 스산한 빛이 감싸며 따라옵니다.
　메타세쿼이아, 마로니에, 느티나무, 홍단풍 잎이 지나가는 바람에 우수수 떨어지며 달아납니다.
　공원 벤치에 앉아 내달리고 있는 가을 끝을 바라보며 허무를 가슴에 주워 담습니다. 울긋불긋한 낙엽이 온몸에 내려앉으며 작별을 고합니다. 우리는 자줏빛으로 물든 서녘 하늘에 시선을 묶고 가을을 배웅합니다.

생명

　서럽도록 눈부시던 홍단풍, 뭐가 그리 급해서 잎이 지기도 전에 씨앗을 방출하는가. 지나가는 행인의 찬사도 아랑곳하지 않고 화려함을 감춘 채 날마다 쏟아 놓은 잠자리 날개 닮은 생명들이 길바닥에 무수히 깔렸다.

　민들레 홀씨는 바람을 타고 자유롭게 여행하며 종족 번식하는데, 단풍나무 씨는 짝 잃은 외날개라 날지 못하고 운명에 순응하느라 쓸리고 밟히며 수난을 겪는다. 어쩌다 운이 좋으면 틈새에 새 생명을 틔우고, 그렇지 못하면 그 많은 씨앗은 죽은 생명이 된다. 난자를 만나지 못한 정자들처럼……．

4

4부

—

겨울 달빛

겨울 달빛

긴 겨울, 유독 잠이 오지 않는 밤이다. 이불을 목까지 끌어 올리고 창호지 문틈으로 창밖을 본다. 고요한 달빛이 눈 쌓인 나뭇가지를 내려다보고, 달빛 머금은 백설은 외로운 빛을 방출한다.

고독이 달빛에 머문다. 왜 태어났을까, 왜 사는 걸까.

한 점 바람이 스쳐 간다. 나뭇가지 위의 눈이 뭉텅 떨어진다. 달빛에 머문 고독이 놀란다. 외로운 빛이 사라진다. 달빛이 고요함을 거두어 간다. 눈꺼풀이 스르르 잠긴다.

눈 오는 날이면

함박눈이 펑펑 내리는 날이면
나의 정신세계는 이미 속세를 떠나
월백설백천지백 속에 들어앉아
산심수심객수심에 젖는다.

겨울 숲 속의 까치

　고요에 묻힌 겨울 숲에 골바람이 찾아든다. 휘청거리는 나
목들의 뿌리가 단단해지겠다. 엄동설한인데 두 마리의 까치
가 앙상한 가지 사이에 집을 짓는다. 제 몸집만한 막대기를
부지런히 물어 날라 촘촘히 엮고 있다. 부부애로 더 튼튼해
지는 까치집, 2세를 위해 새 보금자리를 만드는 모양이다.
　아직 추위가 물러가지 않았는데 겨울 숲 속의 까치는 벌써
봄을 준비하고 있다.

그해 겨울 바닷가

그해 겨울, 배낭에 세계문학전집을 가득 채워 넣고 무작정 바닷가로 향했지. 이름난 해수욕장 가장자리에 외롭게 나앉은 오두막집 방 하나 얻는데 어려움은 없었어. 60촉 백열등 아래에 웅크리고 앉아 『전쟁과 평화』, 『안나 카레니나』, 『부활』, 『주홍 글씨』, 『무기여 잘 있거라』, 『노인과 바다』, 『여자의 일생』, 『보바리 부인』, 『폭풍의 언덕』, 『테스』 등에 빠져 시간 가는 줄 몰랐어.

밤낮으로 철썩철썩 파도 소리가 들리고, 오두막을 뒤흔들어 대는 강풍이 시베리아로 추방된 카투사 행로와 맞닿아 몸서리쳐지게 추웠지. 청솔가지 타는 냄새와 매캐한 연기가 문틈으로 들어오면 식사 때가 되었나 보다, 또 하루가 갔나 보다 생각했을 뿐이야.

두 아이의 엄마인 안주인은 꼼짝 안 하는 객이 염려되어 가끔씩 문을 두드려 확인하곤 했어. 그렇게 일주일쯤 보냈을까. 안주인에게 작별을 고하고 나왔을 때, 눈이 어찌나 부시던지 뜰 수가 있어야지. 천지사방이 눈으로 덮였더라고. 산처럼 쌓인 눈 속에 푹푹 빠지며 걷는 기분이란 경이로움 그 자체였어.

여고를 졸업하고 찾았던 그해 겨울 바닷가, 생각만 해도 눈
이 부시네.

함박눈이 내리면

함박눈이 펑펑 내리면 생각은 어김없이 유년의 뜰로 내달립니다. 초가지붕에도, 짚둥우리에도, 장독대에도, 담장 위에도 소복이 쌓인 눈을 바라보며 떡가루였으면 하던 시절이 있었습니다.

군고구마를 간식으로 먹으며 너른 마당에서 고모 삼촌들과 눈사람을 만들고, 미끄럼틀을 만들어 타고 놀던 시절이 그립습니다. 자치기와 연날리기도 퍽 재미있었지요.

많은 세월이 흐른 지금은 그 시절 함께 살았던 피붙이며 지기들이 하나, 둘씩 돌아올 수 없는 세상으로 떠났습니다. 보고 싶어도 볼 수 없음에 그리움은 더해 갑니다. 하염없이 내리는 함박눈을 바라볼 때마다 유년의 기억이 또렷하게 다가옵니다.

5부

—

구름 위에서

구름 위에서

폭우 속에서도 비행기는 떴다. 아무 일도 없었다는 듯 비상하는 여객기 안에서 창밖을 본다. 비구름이 저 아래로 펼쳐진다. 지상엔 비가 오는데 구름 위는 딴 세상이다. 신세계가 있다면 그런 곳이 아닐까.

비구름 지대를 지나자 솜사탕 같은 뭉게구름이 동물화와 추상화를 그려 낸다. 유년 시절을 떠올리게 한다. 책이 귀하던 시절, 동화책은 물론 영화는 꿈도 꾸지 못했지만 파란 하늘에 뭉게구름이 그려낸 그림을 보며 동생들에게 이야기를 만들어 들려주곤 했다. 그 시절 이런 세계를 보았더라면 더 재미난 얘기를 들려줬을 텐데……

티끌 하나 없이 맑은 구름 위는 천지창조 전의 모습을 상상하게 한다. 태초의 모습으로 돌아갈 수 있다면 지구를 오염시키지 않고 자연 그대로 잘 보존할 수 있을까. 많은 생각이 구름 속을 유영하며 신선이 되었다가 다시 홍진에 찌든 인간으로 돌아온다.

까치와 청설모

한낮의 정적을 뚫고 울부짖는 소리에 깜짝 놀라 뒤쪽 베란다로 달려갔다.

눈앞의 숲에서 소동이 벌어졌다. 까치 서너 마리가 아름드리 떡갈나무 주변에서 시위꾼들처럼 목청을 돋우며 안절부절못하고, 시커먼 물체가 오르락내리락 까치집 주변을 맴돌고 있다.

종종 보는 광경이다. 잡식성인 청설모는 그렇게 숲을 헤집고 다니며 새들을 위협한다. 속수무책으로 당할 수밖에 없는 약자들이 안타깝다.

생태 숲에서 일어나고 있는 약육강식의 세계를 낸들 어쩌랴.

바람과 나무

바람이 찾아와 애무한다.
미동이던 나무가 몸을 뒤튼다.
바람은 아랑곳하지 않고 더듬는다.
나무가 자지러진다.
드디어 바람과 나무가 하나 되어 춤춘다.
스스스 솨솨솨-
바람과 나무의 몸 부비는 소리가 숲 속을 가득 메운다.

낙숫물

처마 끝에서 낙숫물이 떨어진다.
또옥 똑 또르륵.
작은 도랑이 만들어진다.
또옥 똑 또르륵.
도랑에 만들어진 방울방울 물방울이
형님 먼저 아우 먼저 줄다리기하며 작은 도랑을 타고
넓은 세상으로 달려간다.

누구의 씨인가?

혹한기를 넘기고 봄 햇살을 듬뿍 받은 빈 화분 안에서 정체모를 새싹이 오밀조밀 올라오기 시작했다. 생김새로 보아선 누구 씨인지 모르겠다.

작년에 맛있게 먹고 나온 자두와 살구, 체리 씨를 한 움큼씩 화분에 묻은 기억이 있어 새싹 하나를 뽑아 확인해 보지만 알 수가 없다. 씨도둑은 못한다고 했으니 좀 더 자라면 밝혀지겠지.

* 씨의 주인은 체리였다.

대마도의 밤

바다 한가운데 떠 있는 섬,
성벽 오르듯 올라온 비치산장에 여장을 푼다.
잔잔한 옥빛 바다가 한눈에 들어온다.
고요 속에 묻힌 국경의 밤,
나그네는 자유인이 되었다가 비로소 자연인이 되었다.
까마귀와 갈매기가 산장을 맴돌며 낯선 나그네를 수호하고,
나그네는 대마도의 밤을 마시고 있다.

꾸짖는 소리

한낮인데 밤중처럼 캄캄하다.
하늘이 무너져 내릴 듯하다.
노아의 방주 때가 이랬을까.
천둥번개를 동반한 비바람이 산천을 호령한다.
시커먼 구름 사이로 번쩍번쩍 우르르 쾅쾅, 우르르 쾅쾅
아름다운 지구에 더 이상 상처를 내지 말라고
꾸짖는 소리 같다.

밤나무

싹이 움튼 밤을 화분에 묻은 것은 떡잎을 보고자 함이었어.
열악한 환경에서 꿋꿋하게 자라는 밤나무를 베란다에서 한
2년 키웠을까. 하도 튼실하게 잘 자라기에 시골집으로 데려
가 담장 아래에 심었더니 신이 나서 더 잘 자라는 거야.

어느 가을날, 시골에 갔더니 어머니가 제사상에 놓으라며
알밤 봉지를 안겨 주시는 게야. 세상에나, 이렇게 옹골지고
신기할 데가 있나. 부자가 된 기분이었어.

밤나무는 집안에 있으면 안 된다며 대문 밖으로 옮겨도 말
없이 묵묵히 잘 자라더니 대문간 옆에 서서 수호신처럼 종가
를 지켜 주더군. 그 밤나무가 어느새 성년이 되어 제사 때마
다 토실한 알밤으로 보은하네. 참 기특하기도 하지.

파리

정말 귀찮은 존재, 사랑받지 못하는 미물임을 알고 있는 듯
앉기만 하면 시도 때도 없이 두 발 들고 비벼 댄다.
사람보다 먼저 앉는 버릇을 고치지 못해 미안하다고,
운명이라 어쩔 수 없다며 싹싹 비는 데도
용서가 안 돼 미안할 뿐이다.

6부
—
이발한 회화나무

이발한 회화나무

떡갈나무 사이에
우뚝 서 있던
잘생긴 회화나무가 달라졌다.
이발사인 태풍과 비바람이
제 마음대로 주지를 가로질러 뭉텅 잘라 내고,
옆가지도 뚝뚝 잘라 들쑥날쑥하게 만들었다.
회화나무는
이발한 제 모습이
마음에 들지 않는다고
좌우로 마구 흔들어 댄다.

일출

고요 속에 앉아
바다 너머로 시선을 묶고
임을 기다린다.
잔잔한 바다 한가운데에
떠 있는 고기잡이배들이
수평선을 가로막으며 분주히 움직인다.
여명에 쫓기어
숨 가쁘게 달려가는 고기잡이배 뒤로
수평선이 밝아 온다.
임이 어떤 모습으로
오실지 숨죽이며 지켜본다.
붉은 노을이 퍼지며 서서히 밝아 오는 동녘,
임의 모습이 보이자 드넓은 바다가 홍안이 된다.
검붉은 구름 속에서 찬란한 빛을 발하며 나타난 임!
수줍은 듯 가볍게 떨고 있는 홍안의 바다를 굽어본다.

새 식구

뻐뻐 뻐, 뻐뻐 뻐
정확히 세 음절, 2음의 성조다.
울타리 건너 숲에 새 식구가 찾아왔다.
반갑다.
새들도 인간들처럼 오고 가며 이사를 하나 보다.
영영 멀리 떠난 식구가 있는가 하면,
새로운 터전을 찾아오는 친구도 있다.
뻐뻐 뻐, 뻐뻐 뻐
도대체 저 친구의 이름은 뭘까.
가족이 둘러앉아 알아맞히기 하다가 스마트폰을 들고
검색한다.
수많은 종류의 새소리 듣기에서 골라잡기를 해 본다.
몇 번의 시도 끝에 당첨이다.
그 이름은 '검은 등 뻐꾸기'
우리는 새 식구의 목소리를 저장하며 행복해 한다.

새벽 숲

어둠을 가득 품고
고요 속에 안겨 잠자고 있던 숲,
동녘이 밝아 오니 캄캄했던 숲이 기지개를 켠다.
적막을 깨고 생명체들이 움직인다.
새가 푸드덕 날아가고
청설모와 다람쥐가 나무를 오르내리며 분주해지기
시작한다.
짙게 드리운 어둠은 눈부신 햇살에 밀려나고
새벽 숲은 활기를 찾는다.

업둥이 사랑초

10년 전 입주하면서 구입한 화분이 지금까지 건재하다.

몇 년에 한 번씩 분갈이 해주고 있는데 큰 화분 안에서 전혀 다른 싹이 나왔다. 신기하여 작은 화분에 옮겨 심었더니 제법 활기 있게 자랐다.

잎이 토끼풀 닮아 토끼풀이려니 했는데 활짝 핀 꽃을 보니 사랑초다. 쓰레기 분리수거하는 날, 버려진 화분에서 주워온 자주색 사랑초를 화분에 심어 청사랑초와 나란히 놓았더니 업둥이끼리 경쟁하며 잘 자랐다.

서로 다른 옷을 입은 업둥이 자주색 사랑초와 청사랑초는 똑같은 분홍 꽃을 내밀며 먼저 봐 달라고 보채는 어린아이 같아 귀엽다.

호랑지빠귀

해만 떨어지면 뒤 숲에서 휘파람 소리가 들려온다.
휘이~익, 휘이~익, 휘이~익
운동장에서 들려오는 휘슬 소리와 닮았으나 여운이 길게 남는다.
처음 듣는 소리가 궁금하여 새소리 모음 사이트에 들어간다.
수많은 종류의 새소리가 저장되어 있다.
이걸 언제 다 눌러 확인할까.
인내심을 시험 삼아 숲에 있을 법한 새 이름을 찾아 하나하나 눌러 본다.
'인내는 쓰나, 그 열매는 달다.'
드디어 반가운 소리를 찾았다, 불과 몇 번 만에.
휘파람을 불어 대던 주인공은 다름 아닌 '호랑지빠귀'였다.

행복한 영상(映像) 1

봄볕을 쐬며 졸고 있는 할미꽃과
봄바람에 춤을 추고 있는 제비꽃 무리
보도블록 사이에 돋아난 노란 민들레
바람에 나부끼는 하얀 삐비의 군무.

개울에 흐르는 물소리
나뭇잎에 부딪는 빗방울 소리
처마에서 떨어지는 낙숫물 소리
산사에서 들려오는 풍경 소리.

운무에 휩싸인 산봉우리
산 그림자가 잠긴 고요한 호수
잔잔한 바다에 떠 있는 조각배
수평선 너머로 사라지는 기선.

심산유곡에 흩날리는 눈발
눈 쌓인 나뭇가지에 비친 달빛
눈 덮인 산천의 눈부신 햇살
작은 창틈으로 들어온 햇살 한 줄기.

행복한 영상(映像) 2

풀잎에 맺힌 영롱한 아침 이슬
파란 하늘에 떠가는 뭉게구름
산들바람에 춤추는 억새
바위틈에 피어 있는 들국화
방죽 갈대숲에 잠기는 석양노을
보랏빛 노을 속으로 사라져 가는 기러기 떼
산마루에 걸터앉은 석양
고요 속에 잠긴 오솔길

7

7부

—

같은 곳을 바라보며

같은 곳을 바라보며

　나른한 주말 오후, 조용히 침상에 누워 창밖을 본다. 우뚝 솟은 나무들이 파란 하늘과 맞닿은 듯하다. 아스라이 먼 거리, 나목의 실가지 끝에 앉은 잠자리 두 마리가 시선을 붙잡는다. 데이트라도 하는 듯 자리를 이리저리 옮겨 가며 앉는다.

　옆에 있는 남편에게 잠자리가 앉은 나무 꼭대기를 가리켰다. 남편은 내 손끝을 따라가더니 금세 잠자리 두 마리를 찾았단다. 너무 쉽게 찾아 의아해하는 내게 그들의 랑데부를 중계한다.

　함께 같은 곳을 바라보며 대화할 수 있어 참 좋다.

고부(姑婦) 3대

　새색시 시절, 여든이 넘은 시할머니와 오십대 후반의 시어
머니가 큰소리로 싸우듯 얘기할 때는 이해하지 못했다.
　세월이 흘러 시어머니의 연세가 시할머니만큼 되고 보니
지천명을 넘어선 내 목소리도 커졌다.
　귀가 어둡지만 알고 싶은 게 많은 시어머니께 유일하게 통
하는 내 목소리인 것을 아이들은 아직도 모른다.

나를 부탁해

부모가 없으면 못살 것처럼 굴던 품안의 자식들이 사춘기 때는 사촌이 되고, 대학 가서는 팔촌이 되더니 갈수록 멀어지고 있다. 당연히 독립적인 존재로 떨쳐 버려야 하는데 정이란 놈이 놓아 주질 않아 섭섭한 마음만 늘어 간다.

어찌 자식이 부모 맘대로 될까만 그래도 내 자식만큼은 제대로 키웠다 생각했는데 논리를 운운하며 따지려 들고 저 잘났다고 큰소리 낼 때는 마음이 공허해진다. 의지할 곳이란 남편뿐이다.

맞선 보고 달포 만에 결혼하여 30여 년 가까이 사는 동안 뾰족했던 각이 깎이고 닳고 닳아 두루뭉술해졌다. 비교적 원만하게 살며 미운 정 고운 정이 들어 이젠 제일 편한 사이가 된 것이다.

자식 일로 속상할 때마다 남편에게서 위로받으며 속삭인다. "믿을 수 있는 사람은 당신뿐이야. 나를 부탁해!"

밤하늘을 보며

벌초하느라 고단한 하루를 보낸 이순의 아들이 귀가 어두운 노모의 귀를 후비고 있다. 주말 드라마를 보다가 어느새 주무시는 어머니, 그 곁에서 졸고 있는 남편을 불러내어 커피 두 잔과 돗자리를 들고 옥상으로 갔다.

얼마 만에 보는 밤하늘인가.

고샅의 가로등이 뻥 뚫린 옥상을 훤히 비춘다. 누가 볼세라 뒤뜰의 감나무가 만들어 준 그림자 속에 돗자리를 펴고 앉아 커피를 마시며 총총한 밤하늘의 별들을 본다.

굳건히 자리를 지키고 있는 북극성을 중심으로 수많은 별들이 반짝인다. 북두칠성과 오리온자리, 카시오페이아자리……. 남편을 바라보는 가족들의 눈동자 같다.

가로등이 없던 시절엔 캄캄한 밤하늘에 촘촘히 박힌 별세계에 빠지곤 했는데, 이젠 그런 별세계를 만나기란 쉽지 않다. 곳곳에 가로등이 환하게 불 밝히고 있어 밤하늘에 빛나는 별을 만나려면 더 깊은 산간벽지를 찾아야 할 것 같다.

밤 기온이 차다. 따뜻하게 전해 오는 은박돗자리에 나란히 누워 꿈결 같았던 옛 추억을 반추한다. 많은 세월이 흘러 어느덧 이순을 향하고 있다. 이런 날이 또 올까. 서로 문답하며 밤하늘을 바라본다.

벌초

집안의 대소사는 물론 산소까지 도맡아 주시던 당숙이 뇌출혈로 쓰러져 수족이 자유롭지 못하다. 해마다 벌초비만 드리면 되었는데 이젠 직접 나설 수밖에 없다.

남편은 고가의 예초기를 구입하여 8기의 봉분을 벌초하고 본전치기했다며 만족해하고, 어머니도 아들이 깎은 풀을 그러모으며 무척 흐뭇해하셨다. 벌초는 모자의 몫이지 며느리는 아예 접근도 못하게 한다. 힘든 일을 시키지 않겠다는 뜻이다. 난 돗자리 펴놓고 성묘할 준비와 새참거리나 차려 놓으면 그만이다.

윙윙대는 예초기 소리를 등지고 진한 풀 냄새로 샤워하고, 살랑대는 변산 바람으로 마사지하면서 초록 들판에 펼쳐진 풍경을 카메라에 저장한다. 얼마나 고급스런 호사인가. 그래서 벌초하는 날이 기다려진다.

사춘기

누구나 사춘기가 있다는 걸,
본인의 의지와 상관없이 뇌신경이 방황한다는 걸,
과정을 거쳐야 성숙해진다는 걸,
아이가 어른이 되어서야 알았다.

아짐이 잠 안 오는 이유

집성촌인 시골에 가면 일가친척들이 형님, 동생하며 좋은 일, 궂은일 마다 않고 품앗이하며 재미있게 지낸다. 문제는 모두 연로하신 분들이라는 점이다.

제일 젊은 아짐의 걱정은 형님들 다 떠나고 나면 혼자 남아 어찌 살까. 그 생각만 하면 잠이 오지 않아 날밤을 꼬박 새운 단다. 떠날 때는 순서가 없다는 말에 위로가 될까.

일 억 주고도 못 사는 며느리

시골에 가면 여든 중반을 넘긴 시어머니가 얼싸안으며 반기신다. 자그마한 체구지만 어머니의 강인함과 아들 사랑의 지극정성은 그 누구도 따라가지 못한다. 이 세상에 어머니 같은 분은 찾아볼 수도 없다.

온갖 것 챙겨 차 트렁크에 가득 실어 주고 흐뭇하다 못해 행복해하시는 어머니가 내 손을 꼭 잡으며 말씀하시고 아들에게도 당부한다.

"우리 메느리, 일 억 주고도 못 사는 우리 메느리, 아프지 말고 건강혀라."

"박 세환(생원生員), 우리 메느리한티 잘혀. 저런 각시는 일 억 주고도 못 사!"

영원한 동반자

인생의 동반자와 같은 곳을 바라보며 살아온 세월이 어느 덧 30여 년에 가깝다.

산전수전 다 겪으며 양가 11남매의 맏 노릇하는데 수월했던 것은 교통정리를 잘해 준 남편 덕분이다.

세대 차이가 많은 세 아이와 옥신각신하며 갈등할 때나 살아가면서 대소사로 고민할 때마다 나의 존재감을 높여 주는 내 편, 내가 의지할 곳은 나의 영원한 동반자인 남편뿐이다.

휴! 다행이다

어느 중학교 교사의 말을 듣고 등골에 땀이 배었다. 아무리 세상이 변했기로서니 부모 자식 간은 천륜인 것을 설마 그럴리가.

수업 전에 스마트폰을 걷는 중학교가 있는 모양이다. 걷어 모아 둔 스마트폰에서 벨이 울려 급한 전화인가 하고 선생님이 확인해 보니 저장된 문자가 뜨더란다. '왕재수', '왕짜증', '재수 없어', '외계인' 등 부모 번호를 그렇게 저장해 놓고 있다는 얘기다.

학교에서 돌아온 막내가 눈앞에 있는데 휴대폰으로 전화해 놓고 얼른 가서 들여다보았다. 문자가 떴다. '우리 엄마!'

휴! 다행이다.

40년 터울 진 늦둥이와의 소통이 더뎌 누나가 멘토해 주며 가교 역할을 해 오고 있다. 아이에게 요즘 세태라며 중학교에서 일어난 얘기를 들려줬더니 말세라며 한탄한다.

가보(家寶)

쌍둥이 같은 세 아이의 까까머리, 막 태어난 아기에게 젖병을 물리는 세 살배기 누나, 침 흘리며 기다가 엎어지고 일어서서 걷고, 사물을 인식하고 말귀를 알아들으며 자라는 아이들과 함께했던 세월이 고스란히 담긴 작품을 만들었다.

십여 권의 앨범에서 다섯 명의 식구가 자신의 표정에 만족할 만한 사진을 고르고, 아이들의 성장 과정과 가족이 함께한 사진이 한눈에 보이도록 진열하는데 꼬박 하루가 걸렸다.

완성된 사진모음 액자 앞에 앉으니 행복한 미소가 절로 나온다. 퇴근한 남편에게 보여 주니 얼굴이 환해지며 우리 집 가보(家寶)란다.

아이들이 마음에 들지 않는 행동을 할 때나 기분이 울적할 때면 가보 앞에 앉는다. 그러면 만 시름이 사라지고 행복감이 전신으로 퍼져 나간다.

끝없는 아들 사랑

아들이 힘들까 봐 40kg 쌀부대를 거실에서 토방으로 굴려 내리시던 어머니, 이번엔 허리가 삐끗했다는 아들에게 일시키지 않으려고, 새벽에 일어나 당신 혼자 텃밭의 무를 다 뽑아 구덩이 파서 묻어 놓고 아무 일이 없었다는 듯이 들어오셨다.

시골에 계시는 어머니를 보면 이 세기의 마지막 어머니상일지도 모른다는 생각이 굳어진다. 아들을 위해서라면 당신의 목숨이라도 내놓을 분이 시어머니다.

아흔을 향해 달려가고 있는 당신 연세는 잊고 환갑이 눈앞인 아들이 안쓰러워 '남의 설 혼자 다 찾아다녔냐.' 며 안타까워하더니 봉투 하날 아들 손에 쥐어 주신다. 일금 백만 원이다. 환갑에 옷이라도 사 입으란다.

그림이 참 좋다. 나도 내 아들들에게 어머니처럼 끝없는 사랑을 베풀 수 있을까.

8부

그리움

단문이 되었다

오랫동안 머릿속에 맴돌던 생각을 정리하였더니
글이 되었다.
긴 글보다 짧은 글이 낫겠다 싶어 줄이고 줄였더니
장편(掌篇)이 되었다.
장편을 깎고 또 깎으며 불면과 싸우고 고뇌하는 사이에
한 편의 단문이 되었다.

경포대의 달

　관동팔경의 하나인 경포대가 강릉 저동의 양지바른 언덕 배기에 앉아서 경포호를 바라보고 있다. 단층겹처마 팔작지붕에 48개의 아름드리 둥근기둥과 사방에 걸린 편액(扁額) 속의 시들은 그 시절의 서정을 한껏 품었다.

　신발을 벗고 안으로 들어가면 경포호가 보이는 1단 높은 누대가 있고, 그곳에서 또 1단을 올라갈 수 있게 만든 누대가 양쪽에 있다. 1, 2, 3단 마루의 높이에 따라 경포호의 풍경도 달라 보인다.

　수많은 풍류객이 찾아와 신분에 맞게 앉은 자리에서 경포호의 달을 노래했단다. 처지에 따라 느끼는 감상도 달랐으리라. 어떤 이에게는 5개의 달이 보이고, 어떤 이에게는 3개의 달이나 2개의 달이 보였을 테지만, 현지의 사람들은 5개의 달을 고집한다.

　하늘에 떠 있는 달과 바다에 뜬 달, 경포호에 뜬 달, 술잔에 뜬 달, 임의 눈동자에 비친 달만을…….

문명의 소리

지구의 재난에 제일 빨리 반응하는 것은 동물이라지요. 특히 발 없는 동물이 민감한 이유를 알 것 같습니다. 날씨가 추워 난방이 잘된 게으른 방에 수건이불을 깔아 놓고 잠깐씩 휴식을 취합니다.

시골집 구들처럼 뜨뜻한 바닥에 등을 대고 누워 있으면 온갖 소음이 흡입됩니다. 냉장고와 김치냉장고 돌아가는 소리, 윗집에서 들려오는 발걸음 소리, 창밖에서 들려오는 자동차 소리, 나뭇가지를 흔들고 지나가는 칼바람 소리가 전신을 훑고 지나갑니다.

수십억 인구가 살아가면서 내는 문명의 소리로 지구는 매일 그렇게 앓고 있는 것이겠지요.

복 있는 말

    정감이 묻어나는 따뜻한 말 속에 복이 있다는 말은 참이다.

    남의 좋은 일에 선뜻 축하해 주지 못하는 것은 자신을 되돌아보기 바빠서인가, 시샘이 앞서서인가.

    기쁜 일이 있을 때 즉시 축하해 주는 말 속에 복이 숨어 있다가 부메랑처럼 되돌아온다는 것을 피부로 느끼고 있다.

세뱃돈

왜 나만 몰랐을까?
설날에 세배하고 받는 줄만 알았던 세뱃돈,
어른들께는 세뱃돈을 드리고 세배한다는 것을,
인생의 절반을 살고 나서야 알게 되다니…….

그리움

파란 하늘에 뭉게구름이 하염없이 떠가는 걸 보거나,
키 작은 코스모스 무리가 바람에 하늘거리고,
산 중턱에 걸터앉은 석양과
함박눈이 펑펑 쏟아져 내리는 걸 보고 있노라면
그리움이란 놈은 어찌 알고 먼저 틈새로 비집고 들어와 앉는
것인지.

9부

비둘기와 할머니

비둘기와 할머니

　비둘기 한 마리가 버스정류장 부근에서 붕어빵을 쪼고 있다. 제 몸집에 비해 제법 큰 덩어리다. 행인의 눈치를 살피며 쉼 없이 쪼아 대는 비둘기를 유심히 바라보다 저만치에서 오고 있는 할머니와 눈이 마주쳤다.

　할머니는 씨익 웃더니 비둘기가 쪼고 있는 붕어빵을 뺏어 들고 앉아서 먹기 좋게 잘라 던져 준다. 순식간에 비둘기 떼가 모여들어 먹이 쟁탈전을 벌인다. 욕심 많은 놈은 동지가 옆에 오는 것조차 허락하지 않고, 어느 놈은 슬쩍 비껴 주며 양보하고, 작은 먹이를 사이 좋게 나눠 먹는 놈도 있다. 인간의 군상을 닮았다.

　몸뻬 입은 할머니가 가던 길을 멈추고 서슴없이 그들의 도우미가 되어 주고 있는 동안, 난 멀쩡한 차림으로 가만히 서서 그들의 움직임을 감상만 했다. 난 언제쯤이나 주위 시선을 아랑곳하지 않고 할머니처럼 선뜻 행동으로 옮길 수 있을까.

비밀

비밀이란 내 입에서 밖으로 나갔을 때 이미 비밀이 아니다.
비밀을 지키지 않았다고 탓할 일이 아니라는 것이다.
아무리 믿을 만하고 친한 사이라도 비밀이 지켜지지 않는 것
은 그 친한 사이에게도 친한 사람이 있기 때문이다.
비밀은 돌고 돌아 결국엔 나에게 돌아온다.

그들이 그립다

봄을 알리는 새들의 소리가 줄었다.
꾀꼬리와 뻐꾸기, 산비둘기 소리만 간간이 들릴 뿐이다.
인간들이 건강을 다진다고 그들의 삶터를 침범한 탓이다.
밤낮으로 쏙쏙쏙, 쏙독대던 쏙독새와
소쩍대던 소쩍새가 어디론가 떠나 버렸다.
한때는 소음으로 느낄 정도였는데 쏙독새 소리가 사라지고,
이제는 소쩍새 소리마저 들리지 않는다.
울창한 숲을 바라보며 떠나 버린 그들을 그리워한다.

샤덴프로이데

 이성적으로 생각할 때는 절대로 그러면 안 되는 줄 알면서
도 남의 불행을 보면 상대적으로 위로가 되는 심리를 모르겠
다. 남의 기쁜 일에 선뜻 축하는 해 주지만, 알 수 없는 기분
에 휩싸여 고뇌하게 된다.

 '남의 불행이 나의 행복' 이라는 불운(샤덴)과 기쁨(프로이
데)의 독일어 합성어인 샤덴프로이데(schadenfreude), 남의
잘못이나 불행을 고소하게 여기는 심리 상태가 인간의 본성
이라는 말에서 위안을 받는다.

자동세차장

자동세차장에 들어가면 양쪽에서 세차게 뻗어 나온 물줄기와 거품을 내며 휙휙 돌아가는 기계 청소기가 내 몸까지 청소하는 것 같아 개운하다.

교회에서는 성찬식을 통해, 가톨릭에서는 매주 영성체를 통해서 죄 씻음을 하지만 영혼의 문제여서 생각처럼 달라지기란 쉽지 않다. 인간도 자동세차장에서처럼 수시로 몸 안 구석구석까지 세척할 수 있다면 영혼이 조금이나마 맑아질까.

자동차의 온갖 때가 씻겨 내릴 때면 내 마음의 때도 말끔히 씻기는 듯하다. 그래서 자동세차장에 다녀오면 맑은 마음이 된다.

장애라고

아들을 선호하던 시절이 변하여 딸 가진 부모의 위세가 등등해졌다.

나이가 들수록 딸이 있어야 행복지수가 높다는데 아들만 둔 어머니는 불안하다.

며느리를 딸처럼 사랑한다고 딸이 되는 것은 아니다. 옥신각신해도 금세 풀어지는 혈육, 속내를 다 드러내 보여도 부끄럽지 않고 자존심이 덜 상하는 그런 딸이 필요한 것이다.

누군가가 말한다. 요즘 시대는 딸 없는 것도 장애라고.

포란성과 의란성쌍둥이

우리말에도 생명이 있어서 새로 태어나기도 하고 세월 따라, 세대에 따라 변하기도 한다. 신종어, 유행어, 은어, 사투리 등은 언중들의 사랑을 많이 받으면 오래 살지만 그렇지 않으면 짧은 생을 마감하고 역사의 뒤안길로 사라지기도 한다.

해마다 탄생하는 신종어는 시대를 대변한다. 디지털 시대인 요즘엔 포란성쌍둥이와 의란성쌍둥이란 말이 심심찮게 오르내리고 있다. 사진관에서 찍은 사진을 손질해서 비슷비슷해진 얼굴의 경우, 포토샵(PhotoShop)의 '포'를 따서 포란성쌍둥이, 의술(醫術)로 성형해서 비슷비슷해진 얼굴은 의술 '의'를 따서 의란성쌍둥이라 한단다.

신입사원을 뽑아야 하는 면접관들은 비슷한 사람들을 어떻게 확연히 구분할 수 있느냐가 관건일 것이다. 이런 추세로 가다 보면 언젠가는 원판불변의 법칙이 유효할 때가 오지 않을까. 우리 농산물 '신토불이'가 대접받듯 있는 그대로의 자연미가 대접받을 날도 머지않은 듯하다.

봉사(奉仕)

이 세상에 태어나 어딘가에 소속이 되면서, 그 부분에서만 이라도 봉사해야 되지 않을까 하는 자각이 일었다. 살고 있는 아파트에서 시작한 봉사, 아이의 학교, 종교, 문인단체, 사회단체 등에서 봉사라는 이름을 걸고 최선을 다했다.

이제야 비로소 맘 편히 지낼 수 있겠다. 사회적 책임과 의무를 다했으므로.

10부

—

그곳을 고집하는 이유

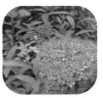

그곳을 고집한 이유

파란 하늘에 뭉게구름이 떠가고 나목이 연둣빛 옷을 입기 시작하면 온갖 잡새가 숲 속으로 날아든다. 꾀꼬리, 쏙독새, 소쩍새, 까투리, 호랑지빠귀…….

그들만의 은밀한 밀어를 속삭이는 사랑의 소리로 숲 속이 터질 듯하고, 비라도 오는 날에는 나뭇잎에 부딪는 빗방울 소리와 휘몰아치는 바람 소리가 하모니를 이룬다.

조용히 누워서 자연의 오케스트라를 감상하기 위해 좁은 그곳에 침상 놓기를 고집했다.

남과 여

남과 여는 태어날 때부터 구조가 다르게 태어난 것을, 동등하고 평등해야 된다고 외치니 갈등이 생긴다.

언어와 시각, 청각이 발달한 여(女)는 하루에 사용해야 할 말의 용량이 크고 다양한 색깔을 좋아하며 다중안테나가 있어 단번에 소화할 능력이 있다. 반면 남자는 대체적으로 말주변이 없고, 시각도, 청각도 단순하여 여와 소통이 어렵다.

부부의 갈등은 서로 다름을 인정하지 않은 데서 일어난다. 소통과 화합을 이루려면 남과 여의 다름을 먼저 이해해야 하리라.

귀가 어두워지는 것은

    사람이 나이가 들고 고령으로 갈수록 귀가 어두워지는 이유를 이제야 알 것 같습니다. 세상 것 모두 알려 하지 말고 들리는 것만큼만 알고 지내며 묵언(默言)을 하라는 거겠지요. 그동안 살면서 쏟아 낸 나쁜 말들에 대한 보속(補贖)인 거지요. 그래야만 평화가 깃들 테니 말이지요.

나는 보았다

해가 뜨고 지는 걸,
떠오르는 스타도
무소불위의 권력을 가진 이도
부귀영화를 누리던 이도
부러움의 대상이 된 이도
출세한 사람도
위대한 사람도
보통 사람도
결국은
모두 공평하게 빈손으로 떠나는 것을
나는 보았다.

부메랑

쓰레기통 만지고 비누질해서 손 씻었어요?
변기 물 내리고 손 씻었어요?
음식 먹을 때 소리 내지 마세요,
손은 꼭 비누질해서 씻어야 균이 없어져요…….
어디선가 많이 듣던 소리다.
세 아이 키울 때 했던 말들이 부메랑이 되어 날 구속하고
있다.
옳은 말인데 왜 그렇게 귀에 거슬릴까.

노안(老眼)이래

내게는 오지 않을 것 같던 그날이 왔다.
세월 앞에 순응하고 눈앞에 닥친 현실을 인정해야겠지.
당연하게 여기지 말라고?
하긴 우리 두 분 선생님은 80이 넘고, 70이 넘었는데도
안경이 필요 없으시지.
바늘에 실 꿰는 일이 더디고, 읽던 글씨가 흐릿해지는 것은
노안이래.

닮고 싶은 사람

옆집 며느리 보고 사람 된다는 말뜻을 이제야 실감합니다. 사람의 진가는 세월이 흐르면서 나타나더군요. 멀리서 볼 때와 가까이서 겪어 볼 때가 다른 사람이 어찌 한둘이겠습니까.

겪어 볼수록 진국 같은 사람이 있습니다. 누가 싫은 소리를 해도, 흉을 보아도 동조하지 않고, 한마디 내뱉는 말 속엔 항상 긍정적이고 따뜻함이 있어 닮고 싶게 만듭니다. 쉽지 않은 일이기에 더 닮고 싶은 것입니다.

어찌해야 하나

노모가 한탄하신다. 참 좋은 세상을 두고 어떻게 죽느냐고. 일제강점기에 처녀공출을 피하기 위해 이팔청춘을 넘긴 나이에 결혼했노라고. 산지기 오두막집에서 청상과부인 시어머니와 한 방을 쓰며 모진 가난 이겨 내고 내 집 짓고 칠 남매 낳아 가르치며 살 만하니까 병명도 모르고 갑작스럽게 세상을 떠난 남편.

장성한 자식들의 효도에 혼자 호강하며 잘사는 것이 먼저 간 남편한테 못내 미안하다고 속내를 비치시던 어머니. 남편보다 30년을 더 살았으니 죽어도 여한이 없다더니 지금은 죽기 싫다고, 아까운 이 세상을 두고 어떻게 죽느냐고 하소연하신다.

가슴이 먹먹하다. 죽음이 두려운 어머니의 마음을 어찌해야 하나. 이 며느리도 어머니와 같은 심정임을 고백이라도 해야 할까.

신호

반평생을
딸로, 맏이로, 직장인으로,
아내로, 세 아이의 엄마로, 종가의 맏며느리로
개미처럼 살았더니 몸이 신호를 보내왔다.
이젠 한 겹씩 내려놓고 베짱이처럼 살라는 신호인가.
알았다고 답장이라도 해야겠다.

염색하는 이유

　어느 날부터인가 머리카락이 하얗게 세기 시작했다. 갈수록 정도가 아주 심하다. 머리카락을 들춰 보며 서글퍼하는 내게 남편은 말한다. 순리에 따르라고.

　나이로 보면 벌써 할머니가 되었을 것이지만, 아직 늦둥이가 고등학생인데…….

　한 달에 두 번 열심히 염색하는 이유가 어린 자식을 위해서였는데, 건재하신 부모님을 위해서 염색하는 게 좋다는 선배님의 말씀을 듣고 보니 송구스럽다.

　부모님은 하얗게 센 자식의 머리카락을 보면 마음 아파하신단다. 그래서 옛 어른들은 웃어른들을 편안하게 해 드리기 위해 염색했다는 말에 비로소 확실한 명분을 찾았다.

친절한 말 한마디

'말 한마디로 천 냥 빚을 갚는다.' 는 우리 속담이지만, '친절한 말 한마디가 3개월의 겨울을 따뜻하게 한다.' 는 일본 속담이다. 그만큼 시너지 효과가 크다는 뜻이다.

방년 19세 때 등산하다가 갑자기 쏟아지는 소나기를 피해 들어갔던 어느 절간 처마 아래에서 "아가씨는 웃는 모습이 예쁘다."고 짚어 준 스님의 말을 증명하느라 웃음을 달고 살았다.

오랫동안 한 사무실에서 함께 근무했던 상사는 독서에 열중하고 날마다 일기장에 긁적이는 내게 작가가 되라고 한마디해 주셨다. 그 말 한마디가 불씨가 되어 문학도가 되었고, 결국은 작가가 되어 문학의 길을 가고 있다.

이렇듯 인생에서 누구를 어떻게 만나냐에 따라 인생길이 달라지기도 한다. 나도 누군가에게 친절한 말 한마디로 좋은 영향을 주는 사람이 되고 싶다.

유혹의 15일

참 재미있다. 시간이 빨리 간다. 해야 할 일을 미룬다. 눈이 침침하다. 눈을 감으면 아른거린다. 같은 색깔들의 캔디와 줄무늬 캔디가 불꽃을 튀며 사라지는 걸 보면 속이 다 후련하다. 알록달록한 왕 캔디끼리 부딪치면 모든 캔디와 젤리가 직격탄을 맞고 사라지는 통쾌함이란…….

그제야 게임에서 손을 쉽게 떼지 못하는 막내를 이해한다.

하루, 이틀 하다가 스스로 지웠던 '캔디크러쉬사가'를, 유혹에 못 이겨 다시 다운받았다. 엊그제 시작한 것 같은데 벌써 15일이 지났다. 안 되겠다 싶어 단호하게 삭제했다.

유혹의 15일이 지난 후, 누가 옆에서 그 게임하는 걸 보아도 구미가 당기기는커녕 오히려 낯설게 느껴진다. 내가 언제 그 게임에 빠졌던가 싶을 정도로.

11

11부

—

인생

희로애락

행인이 오가는 길가에서 춤을 춘다.
덩실덩실 보기만 해도 어깨가 저절로 들썩인다.
무슨 좋은 일이 있기에 저리도 신명이 났을까.
생산하지 못하던 아이라도 탄생했나.
허리까지 꺾고서 덩실덩실
지나는 행인을 즐겁게 한다.

장단 맞춰 한바탕 춤사위를 벌이더니
그새 꼿꼿이 서서 눈을 부릅뜬 훈장의 자세다
누구를 향한 노여움인가.
귀하게 태어난 아이가 예의범절이라도 어겼나.
심통 난 뺑덕어미 상이다.
호되게 꾸지람을 하는 듯 양팔을 움직이며 삿대질이다.

어미가 죽었는가. 아이가 요절했는가.
자지러져서 일어나지 못하고 주저앉아 통곡한다.
살다 보면 궂은 일, 좋은 일 겪게 마련인 것을
저토록 서럽단 말인가.
들썩이는 어깨에서 애절함이 묻어 나온다.

조금 전의 슬픔은 어디로 갔는가.

덩더쿵 덩더쿵, 쿵덕쿵덕

기쁜 듯이 손짓하며 신나게 흔들어 댄다.

세상 근심 걱정 모두 떨쳐 버리고, 슬픔일랑 모두 밀쳐 내고

신명나게 놀아 보자고 유혹하며 정신없이 흔들어 댄다.

양팔로 바닥을 휩쓸며 춤을 춘다.

* 신장개업집 앞의 플라잉가이(스카이댄서, 춤추는 커다란 풍선 인형)를
  보며……

괴로움도 추억

좋은 것만 추억이 되는 줄 알았더니 미움과 괴로움도 크기에 비례하여 추억을 만들더이다. 그러니 상대가 괴롭히고 상처를 준다고 너무 미워하지 마세요. 세월이 흐른 뒤에 돌이켜보면 그것도 한 조각의 추억이 되어 미소 짓게 만들 테니까요.

인생

　인생은 흐르는 물과 같아서 세월 따라 물 따라 우리도 언젠가는 떠나야 한다. 산천이 아무리 아름답다 해도, 먹고 살기가 아무리 좋아도 때가 되면 떠나야 한다는 사실은 부인할 수 없는 섭리다.

　그래서 그 옛날 공자님도 제경공도 흐르는 물과 아름다운 산천을 보면서 죽어야만 하는 인생을 한탄했고, 90을 향해 달리고 있는 시모님이 이렇게 좋은 세상을 두고 어떻게 죽느냐고 서글퍼하는 심정도 같은 맥락이다.

　그런 게 인생인 걸 어찌하리.

소꿉친구

가을엔 유독 사람이 그리워집니다.
잊고 살았던 지기들이 보고파 이름을 불러 봅니다.
순이, 명혜, 월례…….
이미 세상을 떠난 피붙이 생각에 목울대가 아파 오고,
소꿉친구의 안부가 궁금하여 수소문합니다.
고향 떠나 살아 보니 죽마고우보다 더 좋은 친구가 없다는
걸 뒤늦게 깨달은 것이지요.
수십 년의 공백이 있었음에도
어제 만난 듯 반가운 친구들은 역시 어렸을 때
한 고향에서 자란 소꿉친구이더이다.

최선의 선택

인생의 절반을 살아오면서
얼마만큼의 기회를 붙잡았을까.
선택의 기로에서
스스로 결정하여 걸어온 길이
최선의 선택이었노라 자부하면서도
가지 않은 길에 대한 미련이 남아 있다.
다른 길을 택했더라면…….

작아지는 이유

인생의 황혼에 접어들면
건장하던 몸집이 작아지기 시작한다.
왜일까 궁금했는데
자연으로 돌아갈
준비를 하라는 신호다.
그러니
몸집이 작아지기 시작하면
서서히 주변 정리를 해야겠지.

철들자 망령

철들자 망령이라는 말을
이해하기 시작했다.
배추는 삼 개월이면 속이 꽉 차는데,
사람은 일생을 살고서야 철이 드나 했더니
정신 줄이 오락가락한다.

특별한 사람

 사람은 누구나 누군가에게 특별한 사람이고 싶어 한다.
 부모 형제와 사랑하는 연인이 서로 구속하며 신경전을 벌이는 것도 특별한 사람이고 싶어서일 게다. 이 지구상에 태어난 자체부터가 특별한 존재임을 깨닫지 못하고 살다 사랑이 싹트면서 자각하게 된다.
 미국에 사는 넷째 시누이가 새해 편지에 "언니는 참으로 내게 특별한 사람"이라는 표현을 했다. 가슴 끝이 쩡할 정도로 참 듣기 좋은 말이다.
 내게 특별한 사람은 누굴까? 나 또한 누구에게 특별한 사람일까. 배우자와 자녀, 부모 형제와 지기들……
 특별하지 않은 사람이 어디 있을까.
 가족과 부모 형제와 지기들에게 특별한 사람으로 인정받길 희망하듯이 나와 인연 맺은 사람들을 특별한 사람으로 대하리라.

닮아 가고 있다

어머니가 앉아서 식사하고 난 자리엔 언제나 밥알과 반찬 부스러기가 흩어져 있다. 왜 그러실까 의문했는데, 이젠 식사하고 난 뒤의 내 자리가 어머니를 닮아 가고 있다.

위로의 말

살아가면서 가장 힘들고 어려울 때 힘이 되어 주는 말이 있다.

'이 또한 지나가리라.'
'세월이 약이야.'
'음지가 양지 되는 날이 있어.'
'힘든 날이 있으면 좋은 날도 있는 법이지.'
'내리막길이 있으면 오르막길도 있는 것이니 힘내야지.'
'건강이 제일이야, 부귀영화를 누려도 건강을 잃으면 무슨 소용이야.'

선인들이 인생을 겪고 나서 남긴 지혜의 말 중에서 제일 좋아하는 말은 '이 또한 지나가리라.' 다. 기쁜 일이든 궂은 일이든 다 지나가기 마련이다. 어려울 때는 위로가 되고, 좋은 일이 있을 때는 겸손을 가르쳐 주는 이 말을 가장 많이 애용한다.

답을 찾았다

두 아들에게 자랑삼아 말했다.

"시골에 갔더니 할머니가 아빠 환갑 때 옷이나 사 입으라고 백만 원이나 주시더라."

40년 터울 진 막내가 묻는다.

"엄마는 제 환갑 때 얼마 주실 거예요?"

"네 환갑?"

갑자기 가슴이 먹먹해 온다. 아무리 100세 시대라지만 어찌 장담할 수 있을까. 앞으로 42년 후면 99세인데……. 즉답을 못하고 서글퍼하자 옆에 있던 큰아들이 순간의 적막을 깨고 농담하는데도 웃음이 나오지 않는다. 고등학생인 막내도 이내 상황 판단을 했는지 방바닥에 엎드려 침묵을 지키고 있다.

궁리 끝에 답을 찾았다. 막내 환갑 때는 '아름다운 추억을 선물하겠노라.'고.

별명

별명은 그 사람의 성격이나 특징을 표현한 본명 이외의 이름으로 별명만 듣고도 그 사람이 어떤 사람인지 짐작할 수 있다. 자기의 의지와 상관없이 불리는 별명은 평생을 꼬리표처럼 따라다닌다. 좋은 별명은 예언 효과를 가져와 덕이 되지만 안 좋은 별명은 그렇지 못하니 남의 별명을 함부로 지을 일은 아니다.

누구나 별명 하나씩은 가지고 있을 테지만 나의 별명은 여러 개다. 도대체 시대에 맞지 않는 옹고집, 뭐든지 제 계획대로만 밀고 나가는 불도저, 제 생각만 옳은 줄 아는 융통성이 없는 1차원적 사고의 소유자, 농담을 하면 진담으로 대답하고, 누구의 말이든 액면 그대로 의심 없이 받아들인다 해서 남편이 불러 주는 별명 '희귀종'은 세 아이까지 놀리면서 즐겨 부른다. 엄마 묘비명에 "참 힘들게 살다간 '희귀종' 여기 편히 잠들다."로 하겠단다. 놀림에 잘 속아 넘어가 가족에게 웃음거리를 제공한 공로가 크다.

시어머니가 불러 주는 별명은 '큰곰'이다. 제 몸 아낄 줄 모르고 종가의 대소사를 챙기고 쉬지 않고 일한다 해서 미련한 '큰곰'이라 부른다. 친정어머니는 이런 맏딸을 술수를 모른다 해서 '진국'이라 부르고, 지기들은 대부분 진실한 사람으로, 죽마고우나 친구들은 자신보다 부모 형제를 먼저 챙기는 친구, 참 부지런하고 열심히 사는 친구라 한다.

　문인들에게서는 '도덕선생'으로, 한 문우는 한술 더 떠서 '검정교과서'라 부른다. 여러 별칭이나 별명이 싫지 않다. 자신의 도덕적 잣대로 살다 보면 때로는 상대방에게 답답증을 안겨 주지만 별명에 맞게 살려고 노력한다. 그게 바로 '나'일 테니까.

십시일반(十匙一飯)

세상은 살 만한 가치가 있다. 이제껏 주는 것만 했지 내 자신이 십시일반의 대상이 될 줄은 생각도 못한 일이다.

작품집 세 권 분량을 탈고한 지 오래지만 출간할 엄두도 못 내고 있었다. 조금이나마 시(市)에서 지원해 준 돈으로 자존심도 살리고 동기부여가 돼 작품집을 3년에 한 번꼴로 출간해 왔다. 그런데 지원 줄이 막혀 서울과 경기문화재단에 지원신청서를 내고 학수고대하고 있지만 워낙 치열한 경쟁이라 확신도 없는 상태다.

그런데 뜻밖에도 구원의 손길은 먼 데서 왔다. 캐나다 셋째 시누이 부부와 그곳 대학교 강사인 조카, 우리 아들딸이 십시일반으로 돈을 모아 주며 출판비에 보태란다.

돈의 많고 적음을 떠나 마음을 보탠다는 게 쉬운 일은 아닐 터, 그저 고마운 마음들이 시너지 효과를 몇 배로 높여 준다.

그 누구보다 한번도 만난 적이 없는 이방인 고모부의 따뜻한 마음이 몸 둘 바를 모르게 한다. 단문집을 예쁘게 출간하여 십시일반 마음을 보태 준 고마운 분들에게 선물해야겠다.

'미니멀리즘'의 인생론

시인 김대규

이 『그리움』은 김미자의 일곱 번째 수필집이다. 그것도 일반적인 수필이 아니라, 전체가 '단문수필'이다.

나는 수필문학의 이론에는 문외한이라 '단문수필'이라는 용어의 전말에 대해서는 알지 못한다. 다만 소설에서의 장편(掌篇)이나, 시에서의 일자시(一字詩)와 같이 전체의 길이를 최소화시키는 미니멀리즘 지향의 수필이라는 상식적인 견해를 갖고 있다.

김미자는 범상한 에세이스트가 아니다. 고정관념의 틀 안에서 수필을 쓰는 것이 아니다. 항상 무엇인가 새로운 것을 탐구하고 시도한다. 수년 전에 크게 이목을 끌었던 '동수필집' 『복희 이야기』가 그 대표적인 예다. 그런데 이번에는 단문에

다가 사진까지 곁들여 시각적 사유를 더해 주고 있다.

문학에서 미니멀리즘이라 하면 곧바로 헤밍웨이를 떠올린다. 그의 단문체는 독창적이었을 뿐만 아니라 가히 혁명적이었다. 한 비평가는 미니멀리즘에 대해 "짧을수록 더 많이 포함한다."고 했다.

김미자의 단문수필은 미니에세이인 까닭에 각각의 문장도 짧고 전체 길이도 짧다. 그러기에 "짧을수록 더 많이 포함한다."는 위의 지적이 김미자에게 더 합당된다. 길게 설명해야 할 것들을 짧게 압축시켰으니 그럴 수밖에.

이 『그리움』의 주제를 한마디로 하자면 '자연 +인생'이다. 자연의 '춘하추동'이 인생의 '생장로사'의 은유다. 그 가운데서도 '가을'이 주 소재로 등장한다. 하기야 저자도 이젠 인생의 가을을 맞이하고 있다.

가을걷이가 끝난 텅 빈 들판에 깃든 고요가
그리움을 몰고 온다.
사랑했던 사람들과 이별을 준비해야 될 연령에 와 있다.
허전하고 쓸쓸하다.
그렇게 흘러가는 게 인생이라고 바람에 나부끼는 낙엽이
내게 귀띔한다.

―「만추(晚秋)」

긴 겨울, 유독 잠이 오지 않는 밤이다. 이불을 목까지 끌어올리고 창호지 문틈으로 창밖을 본다. 고요한 달빛이 눈 쌓인 나뭇가지를 내려다보고, 달빛 머금은 백설은 외로운 빛을 방출한다.

고독이 달빛에 머문다. 왜 태어났을까, 왜 사는 걸까.

한 점 바람이 스쳐 간다. 나뭇가지 위의 눈이 뭉텅 떨어진다. 달빛에 머문 고독이 놀란다. 외로운 빛이 사라진다. 달빛이 고요함을 거두어 간다. 눈꺼풀이 스르르 잠긴다.

―「겨울 달빛」

가을과 겨울에 대한 작품만 예시했다. 서정적인 산문시를 감상한 느낌이다. 그만큼 계절 감각에 인생 문제가 자연스레 조화를 이루고 있기 때문이다. 예컨대 「겨울 달빛」의 마지막 단락을 다음과 같이 시 형태로 쓴다면 그대로 서정시가 되지 않을까.

한 점 바람이 스쳐 간다.
나뭇가지 위의 눈이 뭉텅 떨어진다.
달빛에 머문 고독이 놀란다.
외로운 빛이 사라진다.
달빛이 고요함을 거두어 간다.
눈꺼풀이 스르르 잠긴다.

단문의 효과가 여실한 서정시의 한 연(聯)처럼 보인다. '달빛에 머문 고독이 놀란다.'는 구절은 시적 표현으로서도 압권이다. 계절 감각의 시적 서정성을 돋보이게 하는 것은 무엇보다도 의인화의 비유법이다.

- 비에 씻긴 감나무 잎이 싱그러움을 가득 물고 왈츠를 춘다.

  —「감꽃」

- 대문간 옆에 서서 수호신처럼 종가를 지켜 주더군.

  —「밤나무」

- 찾아온 손님이 반갑다고 스스스 솨솨솨 온몸을 흔든다.
  손님과 한바탕 어우러져 흥겹다고 스스스 솨솨솨
  무도회를 즐기던 새들도 덩달아 신이 났다.

  —「숲 속의 여름날」

- 샛노란 옷으로 단장한 것도 부족한 듯

  —「은행나무 길」

- 회화나무는 이발한 제 모습이 마음에 들지 않는다고 좌우로 마구 흔들어 댄다.

  —「이발한 회화나무」

위는 김미자의 에세이에 문학성을 가미시키는 의인법의 예들이다.

김미자가 인생이라는 주제 의식에 주안점을 설정하고 있다는 것은 계절 감각 이외에서도 이에 대한 의식이 자주 표출되기 때문이다.

> 철들자 망령이라는 말을
> 이해하기 시작했다.
> 배추는 삼 개월이면 속이 꽉 차는데,
> 사람은 일생을 살고서야 철이 드나 했더니
> 정신 줄이 오락가락한다.
>
> ―「철들자 망령」

> 인생의 황혼에 접어들면
> 건장하던 몸집이 작아지기 시작한다.
> 왜일까 궁금했는데
> 자연으로 돌아갈
> 준비를 하라는 신호다.
> 그러니
> 몸집이 작아지기 시작하면
> 서서히 주변 정리를 해야겠지.
>
> ―「작아지는 이유」

이 단문수필집에는 위와 같은 인생 주제의 에세이들이 주종을 이룬다. 그런 의미에서 김미자의 작품들은 스스로에 대한 교훈 곧 깨우침의 결실들이다. 대부분의 문맥들이 아포리즘의 성격을 지니고 있는 것도 이 때문이다.

아포리즘이나 단문이나 그 형태는 수식어들을 최대한 생략한 것이다. 나무로 치면 잎들을 모두 떨어뜨려내고 가지들만남아 있는 모양새로써, 위의 「작아지는 이유」라는 작품에 비유컨대 김미자도 이제 자신의 수필들이 '주변 정리'를 위해서 작아지는 연습으로서의 미니에세이를 구상했는지 모를 일이다.

우리는 이 단문수필집의 인생 주제를 통하여 '사람이 나이가들고 고령으로 갈수록 귀가 어두워지는 이유'를, '옆집 며느리를 보고 사람 된다는 말뜻'을, '나그네는 자유인이 되었다가비로소 자연인이 된다.'는 까닭을, '기쁜 일이 있을 때 즉시 축하해 주는 말 속에 복이 숨어 있다가 부메랑처럼 되돌아온다.'는사실을, '남의 불행을 보면 상대적으로 위로가 되는 심리'를, '인생은 흐르는 물과 같아서 세월 따라 물 따라 우리도 언젠가는 떠나야 한다.'는 진리를, 그리고 '상대가 괴롭히고 상처를준다고 너무 미워하지 말라.'는 교훈을 새삼 깨달았다.

시도 그 자체만으로도 에세이의 영역을 새롭게 넓혀 주었을것으로 기대되는 이번의 단문수필집이 김미자의 문학과 삶에도 새로운 출발의 계기가 되어 주기를 바라는 마음에서 이 글을 썼다.